Elke Mayer • Grüße aus dem Katzenhimmel

AF284581

Elke Mayer

Grüße aus dem Katzenhimmel

2020

Bibliografische Information der Deutschen Nationalbibliothek:
Die Deutsche Nationalbibliothek verzeichnet diese Publikation
in der Deutschen Nationalbibliografie; detaillierte bibliografische
Daten sind im Internet über dnb.dnb.de abrufbar.

Herstellung und Verlag:
BoD – Books on Demand, Nordersted

ISBN 978-3-7519-5275-0

Inhalt

Vorwort

Katzen, Samtpfoten, Stubentiger, Fellnasen – was für ein schier unerschöpfliches Thema. Zumindest auf unzähligen Facebook-Seiten und in tausenden Foren im Internet oder auf Millionen Fotos, die ihre begeisterten Besitzer und willigen Dosenöffner von ihnen geschossen haben.

Nach vielen Jahren, in denen Katzen mein Leben geteilt haben, bin ich zu der nicht völlig überraschenden Erkenntnis gekommen, dass sie nicht nur unser Leben mit ihnen bestimmen, sondern auch einen geheimnisvollen Einfluss darauf ausüben können.

Das ist sicher nicht so geplant von ihnen, denn einer Katze ist es ziemlich wurscht, ob und was für einen Einfluss sie auf unser Leben hat – solange genug Futter, ein gemütlicher Schlafplatz und ein sauberes Katzenklo vorhanden sind.

Trotzdem ist dieser unbestimmbare, ungreifbare und rätselhafte Einfluss vorhanden. Manche Katzenfreunde spüren ihn mehr, andere, etwas robustere Gemüter, eher weniger.

So hatte sich der Einfluss meiner Katze Teilchen auf mich insofern bemerkbar gemacht, als sie mich eines Tages dazu gebracht hatte ein Büchlein über sie zu schreiben. Und zwar in ihrem Namen, eine sogenannte Automiezographie.

Dass sie kurz vor der Veröffentlichung sehr krank wurde und genau am Tag des Erscheinens starb, das war ein grausamer Zufall. Dass sie seither immer noch in meinen Gedanken herumspukt und zwar in Form von höhnischen Kommentaren, sprich einer Art Selbstreflexion, das ist der geheimnisvolle Einfluss, den ich vorhin erwähnt habe ...

Anfang

Stimmt, ein Anfang muss mal gemacht werden und so raffe ich mich jetzt endlich auf und versuche das Kunststück, eine kleine Erzählung über meine verstorbene Katze Teilchen, über Miri, meine neue Samtpfote, und mich zu schreiben.

Warum Kunststück? Tja, hier mischt eine Katze mit, die schon – wie wir Katzenliebhaber es so freundlich nennen – über die Regenbogenbrücke gegangen ist.

Mein liebes Teilchen, diese wilde, chaotische und sehr eigenwillige Katze, die ein so aufregendes Leben geführt hat. Aufregend für Katzen eben.

Die über ihren Namen so sehr indigniert war. Meiner Vorstellung nach eben.

Im Grunde ist es Katzen nämlich egal, wie sie genannt werden - ob sie nun Frau Müller, Klobürste oder Zimtzicke gerufen werden. Völlig egal. Wir Menschen sind es, die so ein Theater mit den Katzennamen machen. Meine hieß nun durch einen lustigen Zufall Teilchen und das hatte schließlich dazu geführt, dass sie über ihr aufregendes Leben und ihren wenig spektakulären Namen sogar ihre eigene Automiezographie geschrieben hat. Und schon höre ich sie dazwischenquatschen ...

„He he, meine Liebe, ich habe gar nichts geschrieben, du warst das und hast mir die Worte einfach in mein Katzenmäulchen gelegt ... — ungefragt ..."

Stimmt, ich geb's ja zu, Teilchen. Aber jetzt sei bitte mal still und lass mich in Ruhe meinen Gedanken nachgehen!

„Gehen ist wohl nicht das richtige Wort für jemand wie dich", kommt sofort die freche Antwort aus dem Off, aus meinen eigenen Gedanken oder aus dem Katzenhimmel, wenn man es denn poetisch betrachten will.

Da hat sie wohl recht. Zu Fuß bin ich nicht unbedingt ein Ass. Auf größeren Ausflügen ist der Rollstuhl mein treuer Begleiter und zu Hause hilft mir ein Gehwagen, die paar notwendigen Schritte zu bewältigen. Das war schon zu Teilchens Lebzeiten so, das ist immer noch so und wird auch so bleiben ...

„Siehst du", sagt Teilchen jetzt wieder, *„das ist es, was wir Katzen lieben: Dinge, die sich nie verändern, die immer gleich bleiben ..."*

Ach Teilchen – wenn du wüsstest, was sich hier bei uns alles verändert hat …

Veränderungen

Seit Teilchens Gang über die Regenbogen-brücke war es so seltsam leer in der Wohnung. Anfangs fühlte es sich immer so an, als schliche ständig ein kleines Katzenwesen um mich herum, das darauf wartete, den Napf gefüllt zu bekommen oder ein paar Streicheleinheiten zu ergattern.

„Jetzt mach aber mal halblang", meldet sich Teilchen auf einmal wieder, *„so eine Schmusekatze war ich schließlich ganz und gar nicht!"*

Stimmt, du warst ein kratzbürstiges kleines Ding und bist mit deiner Liebe zu uns äußerst sparsam umgegangen. Und wenn es dir zu viel wurde, dann hast du blitzschnell deine Krallen ausgefahren und dem lästigen Streichler eine verpasst …

„Ja, eben eine richtige Katzenpersönlichkeit, das war ich – und bin ich immer noch. Du ahnst ja nicht, wie ich jetzt den Katzenhimmel aufmische …"

Nein, das ahnte ich natürlich nicht aber manchmal stellte ich es mir vor.

Auf jeden Fall bedeutete Teilchens Tod für mein Leben eine massive Veränderung.

Monate hat es gedauert, bis ich mich an die Katzenlosigkeit halbwegs gewöhnt hatte.

Dann schienen sich mir neue Freiheiten zu eröffnen. Freiheiten, die ich mir ständig schönredete – keine hungrige Fellnase mehr vor dem Futternapf, überhaupt kein Futternapf mehr, der ständig gefüllt und natürlich regelmäßig gereinigt werden musste. Kein Katzenklo mehr sauber zu machen, zu putzen und all der tägliche Kleinkram. Keine gefühlten hundert Gummiringe, Kugelschreiber und Flaschendeckel unter Sofas und Schränken mehr hervorangeln.

Keine Großbestellungen von Fusselbürsten, weil ständig die dunkle Kleidung mit Katzenhaaren verziert war oder Besucher genervt nach einer Fusselrolle fragten.

Vor allen Dingen konnten wir verreisen nach Lust und Laune. Niemand musste organisiert und damit beauftragt werden, unsere Katze zu füttern und zu bespaßen.

„Moment mal", kommt sofort ein Einwand, *„bespaßen hat mich nie jemand müssen – ich hab mich immer selbst bespaßt. Da war ich äußerst einfallsreich!"*

Das war sie in der Tat, mein liebes Teilchen …

14

Nun, in der „katzenlosen" Zeit hat mich die Sorge um meine alte, kranke Mutti umgetrieben, die inzwischen in einem Pflegeheim betreut werden musste und der es immer schlechter ging. Bei ihr hatte Teilchen vorher gelebt und war dann schließlich, als Mutti sie nicht mehr versorgen konnte und ins Heim musste, zu uns zurückgekehrt.

„Ja, die Oma - die beste Kuschlerin und Bauchkraulerin aller Zeiten. Bei der wär' ich damals so gerne geblieben."

Das kann ich mir lebhaft vorstellen. Meine Mutter und Teilchen, die beiden sind ein eingeschworenes Team gewesen. Mutti hat diese Katze gnadenlos verwöhnt und gepampert. Mit Leckerlis und dem tollsten Futter bedient. In ihrem Bett schlafen lassen und ihr unendlich viele Streicheleinheiten gegeben.

„So gehört sich das auch", quatscht Teilchen jetzt wieder dazwischen, *„das ist eine Selbstverständlichkeit!"*

Ein Ende und ein
neuer Anfang

Nach vielen Monaten kam der heimlich gefürchtete aber unausweichliche Tag: Meine Mama verstarb friedlich und nach Tagen und Wochen des Abschieds von all ihren Lieben.

Allgemein betrachtet ist es ja keine Besonderheit, seine betagte Mutter zu verlieren und zu Grabe zu tragen. Persönlich betrachtet ist es aber schon ein seltsam einschneidendes Erlebnis. Der endgültige, wehmütige Abschied von Mama, deren Liebe so wunderbar selbstverständlich, warmherzig und beständig war. Eine Selbstverständlichkeit, die nun für immer verschwunden war und nie wieder kommen würde. Kindheitserinnerungen aus längst vergangenen Tagen, die plötzlich wieder aufstiegen …

Gepaart mit der danach folgenden, ernüchternden Erkenntnis, dass man in der Generationen-Hierarchie jetzt aufgestiegen war in den

Olymp der Ältesten. Dass man kein Kind mehr war und nie mehr sein würde.

„In deinem Alter braucht man sich nun wirklich nicht darüber beschweren, dass man kein Kind mehr ist ...", meldet sich Teilchens freche Stimme *„60 Jahre und im Rollstuhl ..."*

Ja, und allein, sehr allein - zumindest tagsüber. Mir fehlten irgendwie die täglichen Telefonate mit meiner Mutter, die häufigen Besuche bei ihr im Pflegeheim. Tatsächlich war bei mir eine geradezu unheimliche Ruhe und Stille eingekehrt. Regelrecht verstummt war ich. Wenn abends mein Mann heim kam war ich froh, wieder ein paar Worte sprechen zu können.

„Das ist in der Tat sehr ungewöhnlich für dich", behauptet Teilchen jetzt *„und bestimmt hast du ihm dann dauernd die Ohren vollgequatscht mit lauter Zeugs, das ihn überhaupt nicht interessiert hat!"*

Das mag wohl sein. Denn als ich ihm vorsichtig eröffnete, dass ich mir doch wieder ein Haustier wünschte, um meine Einsamkeit und Sprachlosigkeit zu beenden, da stimmte er mir sehr verständnisvoll zu.

Sein Verständnis schlug allerdings in blankes Entsetzen um, als ich das Wort „Hund" erwähnte.

„Erstens kann ich mit Hunden überhaupt nichts anfangen und zweitens, wie stellst du dir das überhaupt vor mit dem Gassi gehen und so weiter?"

„Er hatte ja so recht", sagt jetzt Teilchen aus dem Himmel oder aus meinem Kopf *„was für eine dämliche, geradezu saublöde Idee von dir! Erstens würde dich deine Behinderung da gewaltig ausbremsen und zweitens bist du ein Katzenmensch! Einmal Katze, immer Katze! Und drittens: nach mir kann gar nichts mehr kommen!"*

Nun, dass nach Teilchen eben doch noch was kommen konnte, dafür wollte ich schon sorgen.

So begann ich, mich auf die Suche nach einer neuen, fellnasigen Gefährtin zu machen.

An sich ist es ein Kinderspiel, zu einer Katze zu kommen. Überall werden sie dir geradezu nachgeworfen. Die Tierheime sind voll von armen kleinen Seelen, die dich mit fragenden Augen anschauen und nicht zu verstehen scheinen, warum sie in diese missliche Lage geraten sind. Dann gibt es die Züchter, die für teures Geld ihre exklusiven Katzenkreationen an den Mann oder die Frau bringen wollen – bevorzugte Rasse ist da offensichtlich die Britisch Kurzhaar.

Nee, nichts für mich. Ich habe immer nur Feld-, Wald- und Wiesenkatzen gehabt – so richtige Mischmasch-Exemplare, entstanden aus irgendeiner kurzen aber heftigen Fellnasen-Liaison. Vater immer unbekannt.

Bei meiner Suche landete ich eines Tages auf einer Internet-Kleinanzeigenseite.

Natürlich gab es auch dort eine Vielzahl an Katzen, die auf eine Vermittlung zu neuen Dosenöffnern warteten und die von ihren Noch-Besitzern mit den wunderbarsten Attributen ausgestattet worden waren, um Interessenten zu überzeugen.

Lieb, zutraulich, verschmust, stubenrein (was man ja von einer Katze schon mindestens erwarten und erhoffen durfte) und allerlei vielversprechende Aussagen mehr.

„Wild, verfressen und kratzbürstig – so wie ich", fügt Teilchen in meinen Gedanken boshaft hinzu. Ja, stimmt, man weiß nie so genau, wie dieser neue Mitbewohner wohl sein wird, wer da zu einem ziehen wird und sich notgedrungen auf Gedeih und Verderb dem Wohlwollen des neuen Besitzers ausliefern muss.

Eine Katze, noch eine Katze, eine getigerte, eine schwarz-weiße, eine rote und, und, und … Mir wurde schon ganz schwindlig vor lauter Katzen.

Dann passierte es. Ich blickte in ein unglaublich liebes Katzengesicht und in zwei blaue Augen. Blaue Augen? Welche Katze hat bitteschön blaue Augen? Ich hatte jedenfalls noch keine gesehen.

Aha, Britisch Kurzhaar und Zuchtkatze. Das erklärte einiges und ich wollte schon weiterblättern. Dann las ich den Rest der Beschreibung und erfuhr, dass die feine Dame eine edle Zuchtkatze und äußerst schüchtern gegenüber anderen Katzen war, weshalb sie dringend ein neues Zuhause suchte.

Hm, erst mal weiterblättern.

Dieses süße Katzengesicht vergessen.

Das funktionierte aber nicht. Immer wieder rief ich die Seite auf und schließlich die dazugehörige Telefonnummer an.

Eine freundliche Frau meldete sich und klärte mich über Xamiras Schicksal auf.

„Freundlich? Wie kann jemand freundlich sein, der eine Katze weggibt?" stänkert Teilchen dazwischen.

Nein, Teilchen, lass mich erst mal mehr erfahren.

Xamira von und zu Irgendwas war ihr hochoffizieller Name.

„Was, eine Adlige?!" faucht Teilchen jetzt, *„die hat alles, was ich immer wollte – einen wunderschönen Namen und eine edle Herkunft!"*

Ach, mein armes Teilchen. Da ist sie wieder, die alte Geschichte: wir Katzenliebhaber bilden uns ein, dass unsere Katze ihre Herkunft und ihr Name kümmern könnten … nichts liegt der Wahrheit ferner …

Auf jeden Fall war Xamira von ihren jetzigen Besitzern aus einer Katzenzucht gerettet worden und war jetzt geliebtes Familienmitglied. Allerdings hatte sie ständig Schwierigkeiten mit den anderen Familienkatzen. Sie konnte sich einfach nicht durchsetzen gegen sie und wurde von ihnen regelrecht untergebuttert. Sie war ziemlich unglücklich mit ihrer Situation und ihre Familie wiederum deswegen sehr traurig.

„Untergebuttert? Das darf doch wohl nicht wahr sein! Eine richtige Katze lässt sich nicht unterbuttern - die buttert höchstens ihre Menschen unter!"

Ja, Teilchen, auf dich traf das ganz sicher zu …

Nachdem ich der Dame versichert hatte, dass Xamira bei uns eine Einzelkatze sein und bleiben würde und ich außerdem Tag und Nacht um sie herum sein könnte, schien sie erleichtert und hoffnungsvoll und wir vereinbarten einen Übergabetermin.

Jetzt hieß es, alles für die neue Mitbewohnerin zu besorgen und mein Herz war erfüllt von Vorfreude. Meine liebe Haushaltshilfe und ich fuhren in einen großen Tierzubehör-Discounter und ich suchte aufgeregt alles zusammen, was die Katze so benötigen würde – Katzenklo mitsamt Katzenstreu , Fressnäpfe und eine Auswahl an Futter. Dazu kamen unzählige Dinge, von denen ich dachte, dass meine neue Katze sie brauchen würde ...

„He he, wenigstens bist du ehrlich zu dir selbst - brauchen tun wir den ganzen Kleinkram nämlich nicht! Wir suchen uns unser Spielzeug schon selbst zusammen ..."

Ja, zugegeben – aber es machte mir einfach nur unbändigen Spaß, mit diesem Herzen voller Vorfreude die schönsten und unnötigsten Dinge, die im wahrsten Sinne des Wortes für die Katz' waren, auszusuchen!

Ein neues (Katzen)Glück
hält Einzug

An einem Novemberabend schließlich zog Miri bei uns ein. Sie wurde vorbeigebracht, flitzte aus dem Transporter und versteckte sich sogleich in der nächstbesten Ecke, die sie finden konnte. Ganz weit hinten, unter dem Schuhregal, und sie gab keinen Mucks von sich. Typisch Katze halt.

Sie hörte unsere Unterhaltung mit dem Vorbesitzer, nahm irgendwie wahr, dass hier keine anderen Katzen unterwegs waren und kam dann plötzlich zum Vorschein. Ganz vorsichtig, ganz leise und doch voll Vertrauen in die neue Situation und ihre neuen Menschen.

Nach meinen Erfahrungen mit Teilchen war ich trotz meiner Freude über das neue Familienmitglied doch vorsichtig und etwas zurückhaltend gestimmt. Mein Mann sowieso – er ist eher nicht der Katzenstreichlertyp und bisher mit den Fellnasen immer nach dem Motto „ich lass dich in Ruh' und du lässt mich in Ruh'" umgegangen.

Jetzt aber kam eine Katze in unser Leben, die offensichtlich nach dem Motto „Liebe geben und Liebe nehmen" lebte und schon strich sie vertrauensvoll um unsere Beine.

Willkommen in unserem Leben, Xamira!

Nein, ich beschloss in diesem Moment, sie einfach Miri nennen, das passte für mich besser. Ja, für mich. Denn, wie schon gesagt, der Katz' ist es völlig und total schnurzegal wie sie von ihren willigen Dienern genannt wird.

Unser Tierarzt allerdings, dem wir sie nach einiger Zeit vorstellten, nennt sie auch jetzt noch ganz stur und trotzdem Xamira. Ob er damit dem Tier so etwas wie eine persönliche Würde geben will, das erschließt sich mir nicht so ganz.

„Was für ein wunderschönes Tier", hatte er beim ersten Besuch bewundernd festgestellt und hinzugefügt, dass ich doch sicher mit ihr züchten wolle.

Na klar, selbstverständlich doch. In einer kleinen Zwei-Zimmer-Wohnung und mit Rollator und Rollstuhl ist ein Korb mit Katzenbabys noch genau das, was fehlt.

„Nein, natürlich will ich das nicht", hatte ich sofort entsetzt klargestellt, „ich will sie einfach nur liebhaben."

Ja, sie sollte unsere neue und vielgeliebte Mitbewohnerin werden.

Miri hatte offensichtlich mitgehört. Von diesem Tag an schien sie fest entschlossen, uns all die Liebe, die ihr entgegengebracht wurde, hundertfach zurückzugeben.

Ja, sie ist ohne Zweifel die verschmusteste und anhänglichste Katze, die man sich nur wünschen und vorstellen kann.

Ohne Rücksicht auf Verluste liebt und kuschelt Miri alle und jeden in Grund und Boden - wer auch immer unsere Wohnung betritt. Sogar dem Tierarzt begegnet sie voller Liebe und Vertrauen und bedankt sich nach jeder Spritze oder Untersuchung noch mit einer Schmuseeinheit.

Auch meinen zurückhaltenden Mann hat sie schon längst um den Finger beziehungsweise um die Pfote gewickelt. Er wird jeden Morgen mit einer so großen Portion Liebe geweckt, dass man geneigt ist zu vergessen, dass sie sich vielleicht einfach nur auf ihr bevorstehendes Frühstück freut.

Jedenfalls hat sie ihn total vereinnahmt mit ihrer Liebe.

„Das geschieht ihm recht", kichert Teilchen jetzt, *„einer, der nie eine Katze im Bett haben wollte, hat jetzt sogar eine, die ihn ableckt wie ein Hund ..."*

Nachts schläft sie mit der wunderbaren Selbstverständlichkeit, die allen Katzen zueigen ist, in unserem Bett. So, als ob es nie einen anderen Platz für sie geben könnte und auch kein anderer Platz für sie in Frage kommt.

„Na, wenigstens etwas, das noch an eine Katze erinnert!" drängt sich auf einmal Teilchen wieder in meine Gedanken und diesmal sage ich ihr sanft und liebevoll, dass eben weder Menschen noch Katzen alle gleich sind.

Außerdem ist Miri ein äußerst behindertenfreundliches Exemplar ihrer Art. Sie drängt sich nie dazwischen und schlüpft blitzschnell raus, wenn ich die Terrassentür öffne. Nein, sie will überhaupt nicht raus. Was mir das Leben um einiges leichter macht …

„Das war doch der größte Spaß überhaupt – euch das Leben ein bisschen schwer zu machen! Wie langweilig, diese Kollegin, absolut nichts mehr los bei euch!"

Ja, mein liebes Teilchen, stimmt genau!

Kein Stress und keine Aufregungen mehr – nur noch die unendliche Zuneigung einer sehr liebebedürftigen Katzendame, sei sie nun adelig oder nicht.

Jetzt kannst du es dir in deinem Himmel gut gehen lassen, Teilchen. Und falls du die Oma triffst, dann spring ihr bitte auf den Schoß und roll dich gemütlich ein – das war doch dein Lieblingsplätzchen, nicht wahr?

Und uns gönn' das ruhig und sanft dahin-
plätschernde Leben mit Miri ...

Das letzte Wort aber gehört Teilchen. Natürlich.

*„Selbstredend gehört das letzte Wort mir!
Wenn ihr nun glücklich und zufrieden seid,
dann kann ich mich ja beruhigt zurückzie-
hen. Ich hab nämlich auch noch anderes vor. Ist
schon schlimm genug, dass die Menschen im-
merzu noch Ratschläge von oben brauchen ..."*

Weitere Bücher von Elke Mayer:

Kleine Geschichten vom Kater und seiner Katze • 2016

Wenn's dumm kommt heißt man Teilchen • 2016

Als Herausgeberin:
Ursula Kodantke: Der weite Weg • 2017